KB108859

전종문의 이야기가 있는 詩 ❶

아직도 비상을 꿈꾸는가

전종문의 이야기가 있는 詩 ❶

아직도 비상을 꿈꾸는가

발행일 2017년 8월 4일

지은이 전 종 문
펴낸이 손 형 국
펴낸곳 (주)북랩
편집인 선일영
편집 이종무, 권혁신, 이소현, 송재병, 최예은
디자인 이현수, 이정아, 김민하, 한수희
제작 박기성, 황동현, 구성우
마케팅 김회란, 박진관, 김한결
출판등록 2004. 12. 1(제2012-000051호)
주소 서울시 금천구 가산디지털 1로 168, 우림라이온스밸리 B동 B113, 114호
홈페이지 www.book.co.kr
전화번호 (02)2026-5777 팩스 (02)2026-5747

ISBN 979-11-5987-685-1 04810(종이책) 979-11-5987-686-8 05810(전자책)
979-11-5987-687-5 04810(세트)

이 도서의 국립중앙도서관 출판예정도서목록(CIP)은 서지정보유통지원시스템 홈페이지(http://seoji.nl.go.kr)와 국가자료공동목록시스템(http://www.nl.go.kr/kolisnet)에서 이용하실 수 있습니다.
(CIP제어번호 : CIP2017018774)

아직도 비상을 꿈꾸는가

전종문의 이야기가 있는 詩 ❶

북랩 book Lab

| 머리말

알량한 시인의 잡동사니 이야기

나는 시인(詩人)이요, 수필가라는 이름을 얻었다. 물론 내가 시인이요, 수필가라는 이름을 얻었다는 것은 문예지의 등단 과정을 밟았다는 사실과 무관한 것은 아니지만 나는 그것을 자격 취득으로 생각지는 않는다. 글은 누구나 쓸 수 있는 게 아닌가.

스스로 생각해도 내가 글을 잘 쓰는 사람은 아니다. 그냥 글을 읽는 게 좋고, 글을 생각하며 시를 짓는 시간이 즐겁다. 그러면 시인이요, 작가가 아닌가. 나는 나와 같은 이런 문필가들이 우리 사회에 많았으면 좋겠다는 생각을 한다. 그냥 시와 생활하고 즐기는 작가들 말이다.

내 선친(先親)께서 하신 말씀이 있다. 미친 사람도 하루 종일 씨부렁대다 보면 그 속에 한마디라도 옳은 말이 들어 있는 법이라고. 나는 재주가 없어서 나 자신을 알량한 시인이라고 지칭한다. 그래서 그렇겠지만 내가 생각해도 내 글이 심오하지 않다.

이 책에서도 그렇고 그런, 내 주변에서 경험한 시시콜콜한 얘기를 썼다. 그런 글을 왜 썼느냐고 묻는다면 부끄럽지만 제 선친께서 내게 해 주신 말씀으로 변명할 수밖에 없다. 그냥 한마디라도 유익이 있었으면 하는 아슬아슬한 마음.

다 아시는 얘기지만 글의 소재는 따로 있는 게 아니다. 우주의 삼라만상(森羅萬象), 세상의 우수마발(牛溲馬勃), 모든 사상, 모든 생각, 모든 사건, 심지어 현실에 없는 상상의 세계나 소망하는 가치가 모두 글의 재료다. 그리고 그것들을 문자라는 매개체로 아름답고 운율에 맞게 지어져 자신뿐 아니라 다른 사람을 감동시키면 작품이 되고 시가 된다. 그래서 소수의 사람에게라도 정서 안정에 도움이 되고, 잠시라도 그들에게 정신적 기쁨을 주면 만족한다. 의미를 거기에 두고 나도 이 글을 썼다.

한 제목의 글에 산문과 운문이 섞였다. 시를 설명하기 위해서 산문을 쓰기도 했고 이야기를 쓰고 나서 이걸 시로 만들면 어떨까 해서 시 형식을 갖추어 내놓기도 했다. 이래저래 어설프기는 마찬가지다.

살다 보면 때로 심심하고 무료할 때가 있지 않은가. 그때 읽으면 될 것 같다. 이 책을 읽어주시는 모든 분에게 평안이 있기를 빈다. 나는 그분들에게 지금 매우 감사하다. 미리 감사의 말씀을 드린다.

2017년 8월

魚隱 田鍾文

| 차례

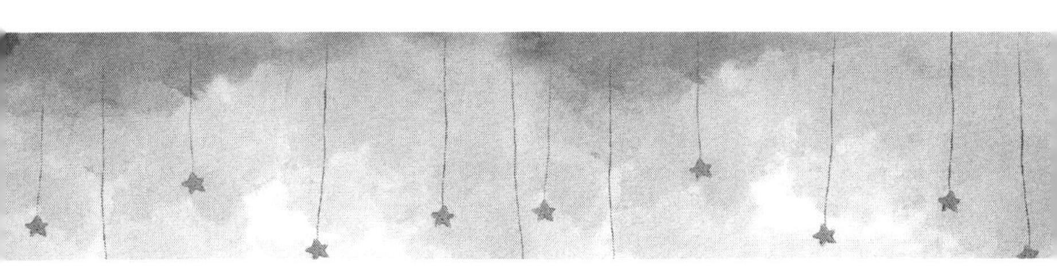

· 머리말 _04

○ 마을회관이 보이는 풍경 012

○ 한(恨) 018

○ 쥐불놀이 023

○ 아직도 비상을 꿈꾸는가 029

○ 마음에만 담아두자 034

○ 지평선 037

○ 눈깔사탕 039

○ 한판 042

전종문의 이야기가 있는 詩 ❶

아직도 비상을 꿈꾸는가

○ 노인네 세상 046

○ 게으름 051

○ 전봇대가 보이는 풍경 056

○ 친구, 김익중 059

○ 이모(姨母) 067

○ 호랑이가 내려다본다 070

○ 간소한 장례식 073

○ 가로등과 가로수 078

○ 어라, 너 무임승차하겠다고? 082

○ 신호등 앞에서 088

○ 밤에 우는 매미 092

| 차례

○ 망국의 땅 096

○ 강릉 경포대 소나무 숲 100

○ 산은 항상 거기에 서 있는 게 아니다 104

○ 비가 내리는 날에는 청평으로 가자 107

○ 하롱베이에서 톤레삽 호수까지 111

○ 선물이고 싶었을 게다 118

아직도
비상을
꿈꾸는가

마을회관이 보이는 풍경

늦게까지 뻐꾸기가 울고 간 날은 해도 길었지

마을 일이 곧 술 마시던 일이기도 하던 때

퇴비와 애멸구와 이화명충을 얘기하던 어르신들

노을빛에 빛나던 그 불콰한 얼굴

미루나무 그림자가 길어지면

마을회관 벽엔 은근히 노을빛이 내려앉았지

거기, 그 어르신들이 앉아 막걸릿잔 기울이던
  자리에

지금도 쟁기와 지겟다리와 써레 얘기가 있을까

뻐꾸기가 늦게까지 울고 가면

해가 길어서 배고팠던 날

그래도 그립다

이제 그 마을회관엔 누가 앉아 있을까

누가 그 노을빛 지키고 있을까

추석 명절이 가까워져 올 무렵 이 글을 어느 사이트에 올렸더니 후배인 하(河) 시인이 댓글을 올려 주었다. "명절이라서 더욱 고향 생각, 옛날 생각이 나시는 것 같습니다" 하고.

그래서 내가 "하 시인께서는 그런 시골 경험이 없지요?" 하고 물었더니 다음과 같은 글을 덧붙여 주었다.

"제가 고등학교 때까지 매 방학마다 찾아가던 할아버지 댁은,

기차에서 내려서 한 시간 동안을 길도 없는 산길을 걸어가야만 하는 산골이었습니다. 물론 동네에 들어가도 가로등은커녕 그믐밤이라도 될라치면 오직 별빛만 고요하고 소똥 냄새가 코를 찌르던, 골목마다 질퍽이는 거시기들 때문에 하이힐이라도 신고 싶었던 것이 생각납니다. 사랑방 문만 열면 바로 옆에 주먹만 한 눈망울을 굴리며 코뚜레를 한 소가 여물 먹으며 흘리던 침이, 금방이라도 묻을 것 같아 오그리고 쳐다보던 기억, 아 새삼 너무 그립습니다."

나는 하 시인의 경험을 이렇게 상상하여 구성해 보았다. 그녀는 당시 교회를 개척하여 땀을 쏟는 중이었다.

단발머리 나풀대며 소녀는 방학 때만 되면

소를 만나러 산골 마을에 갔다

거기에 소가 둘이 있었다

눈망울이 주먹만 한 소는

외양간에 점잖게 앉아 되새김질만 했고

그 소 끌고 일하시느라 굽어진 할아버지 허리

소녀가 사립문을 밀고 들어서면

꼬리를 흔들며 마중 나오는 강아지 한 마리

"어서 오너라, 내 강아지" 맞아주시는 할머니

소녀는 할머니에게 강아지처럼 예쁘고

영리한 강아지는

몇 달 만에 보는 할머니의 강아지를 알아봤다

기차에서 내리고도 한 시간을 걸어야 했던

어둠이 내리면 별빛으로 가늠하며 걷던 길

풀 냄새와 쇠똥 냄새가 어울려 나고

풀벌레 소리와 하늘에 수놓던 반딧불이가

걸음을 가볍게 했던 할아버지네 가는 길

방학 때마다 소녀는 소를 만나러 갔고

할머니네 강아지 되는 게 좋아 갔다

그 강아지 엄부렁하게 자라 다른 강아지들을
 키우는데

어느 날 소는 산골 마을을 떠났고

소 떠난 산골 마을은

어느새 그의 가슴 속으로 파고들어 와 있었다

- 소녀의 추억 -

이 시를 읽고 한 시인은 이런 소감을 남겨주었다. "호호… 제가 전 목사님의 어떤 시에 댓글을 달면서, 저의 어린 시절의 추억을 조금 고백하였습니다. 그 고백을 들으시고는 그만 저보다도 더 생생하게 저의 시골 추억을 이렇게 되살려놓으셨습니다. 저 어릴 적, 그때 와서 다 보셨습니까? 하나님 안에 살면서 사람의 영혼을 들여다보는 직업을 가지셨음을 증명해 보이시네요. 에고, 무서워라."

한(恨)

내가 어렸을 적에 우리 집에 할머니 한 분이 찾아오셨다. 머리는 하얗지만 고운 옷을 입으셨고 늙으셨을지라도 귀태가 나는 분이었다. 우리 부모님은 그분을 해송(海松) 할머니라고 불렀다. 그때는 물론이지만 나는 지금도 그분이 우리하고 어떤 관계로 할머니가 되었는지 모른다. 그저 나이가 드셨으니 할머니겠지 하고 생각할 뿐이다.

내 기억으로는 그분이 잊어버릴 만하면 찾아오시기를 아마 서너 번 한 것 같다. 꽤 먼 길을 오시는 것 같은데 5남매가 자라고 있는 비좁은 우리 공간을 그렇게 찾아오셔서는 며칠씩을 묵어가셨다. 그때마다 우리 부모님은 불편한 기색이라고는 전혀 없이 반갑게 맞으시고 나름대로 정성껏 대접하시는 것이었다. 오늘날처럼 내가 아무 날 너희 집을 방문하겠다고 기별을 하고 찾아가던 시절이 아니었다. 불쑥 나타나면 찾아오신 것이었다.

그분이 떠나시고 어느 날, 나는 단편적이지만 그분에 대해서 들은 기억이 있다. 어머니로부터였다. 양반집 규수로 가난을 모르고 자랐는데 가난한 집으로 시집을 와서 젊었을 때 무지 고생을 했다는 것이었다. 신랑은 난봉꾼이었고 시집살이는 엄했다. 하긴 그 당시 부모 모시는 집에서 그런 시집살이 겪지 않은 사람이 얼마나 있었겠는가.

그분의 일화 중에 지금도 기억나는 게 있다. 당시는 정미소가 없어서 식구들의 끼니를 위해서 새댁은 바깥출입을 못하고 거의 하루 종일 절구질을 해야 했다. 밤이 됐는데 배가 고파서 몰래 오레쌀을 훔쳐다 이불을 덮어쓰고 먹었다. 그런데 그만 너무 피곤해서 쌀을 씹다가 잠이 들어버린 것이었다. 문제는 쌀을 훔쳐 먹다가 들통이 나서 경을 친 것이 아니라 입안에 가득 든 쌀이 잠든 사이에 불어서 입을 열 수가 없었다지 않은가.

그런데 다행히 말년에 혼자는 되셨지만, 자식들이 잘돼서 자유스럽게 정이 그리우면 찾아주신다는 것이었다.

햇볕이 다사로워 슬픈 날이면

흐르는 세월 깔고 앉아 빨래하는 여인아

송골송골 맺히는 이마의 땀, 훔쳐가며

관가에 잡혀 온 잡놈 곤장으로 볼기치듯

서방님 잠방이에 구멍이 나도록

방망이 내리치는 여인아

시앗 따라 흔적 없이 집 나간 서방님보다
오죽 변변치 않았으면 나갔겠느냐
앙가슴에 서늘한 비수 꽂아주는 시어머님이 더
서러워
허파에 구멍 뚫려 헛바람 드나들고
목구멍까지 차오르는 열화는
한숨으로나 삭혀야 했던, 밤은 하얬다
윤사월 기나긴 해
깔깔한 입에 곡기 하나 넣지 않고도
내리치는 힘은 어디서 나는가
치밀어 오르는 울화가 명치를 때리기 시작하면
신음으로 열리는 이 악문 입
시집보내던 날, 이제 그 집 귀신 되어야 한다던

아버지

벙어리로, 소경으로, 귀머거리로, 석삼 년씩

누르고 살아야 한다던 친정어머니

그 가르침 따르며 삭정이 된 가슴에

어느새 주먹만 한 화(火) 잉태되어

보름달처럼 부풀고

차돌처럼 단단해지면

팡팡, 방망이질이라도 해야만 하는

너 조신한 여인이여

그것이 죽어야만 없어진다는 희귀한 열매

반들반들한 결정

- 한(恨) -

쥐불놀이

“젊어서는 희망으로 살고, 늙어서는 추억으로 산다”는 말이 있다. 아무래도 젊을 때는 살아갈 날이 많다 보니 기대를 많이 갖게 될 것이고 늙으면 산 날이 많기 때문에 지난 세월이 그리워 그런 말이 생겨났을 법하다. 그래서 그런가, 느닷없이 어린 시절이 생각나고 고향이 그립기도 하다. 어느새 나도 귀밑머리가 희끗희끗해졌다.

5, 60년대, 전쟁은 멈췄지만, 우리 사회는 얼마나 황폐했던가. 특별히 내가 살았던 농촌의 피폐함을 어떻게 다 말할 수 있겠는가. 산목숨이니까 견딘 것이지 참으로 힘든 세월이었다. 그래도 지금 그 모진 세월이 그리워지는 이유는 뭘까. 수구초심(首丘

初心)인가.

친구 하나가 말했다. "그 시절이 그립긴 해도 다시 돌아가고 싶은 생각은 없다"고. 이해할 수 있는 말이다. 사람이 인정만 가지고 살 수 없다는 것 아닌가. 넉넉하지는 못할지라도 의식주의 기본 문제는 해결되어야 사람답게 살 수 있다는 뜻이리라.

그렇다. 사람에겐 이상이 있어야 하지만 현실을 무시할 수 없다. 정신적인 차원을 무시한 육신적인 삶만 고집한다거나 육신적인 삶을 도외시하고 정신적인 차원만 추구한다는 것은 모두 옳은 태도가 아니다. 우리는 육신과 영혼이 결합되어 있는 존재다. 그래서 떡으로만 살 수 없다. 짐승이 아니잖은가. 지난 시절이 그리워지는 것도 이성과 감정이 있는 사람이기에 어쩔 수 없는 현상이리라.

내가 어렸을 때의 놀이라는 게 무엇이었던가. 딱지치기, 구슬치기, 자치기 등이었다. 여자아이들은 공깃돌 놀이, 팔방, 널뛰기, 그네뛰기를 했다. 어른들은 윷놀이, 화투치기하면서 술 내기를 했다. 그걸 우리가 금기로 여기면서 흉내를 내기도 했다. 여럿이 모였을 때는 숨바꼭질을 하고 수건돌리기가 재미있었다. 땅따먹기하다가 어머니가 밥 먹으라 부르면 아쉽지만 다 그만두고 집으로 들어가야 했다. 겨울에는 눈사람을 만들고 눈싸움을 하고 썰매를 탔다. 정초엔 연을 날리고. 그렇다, 잊을 수 없는 놀이 중에 그렇게 재미있었던 쥐불놀이! 아련하게 지금 그 생각이 떠오른 것이다.

지금도 정월이면 가끔씩 나는

횃불 들고 그 시절로 간다

거기 어둠 속에서

논두렁을 태우며, 시름도 태우며
조무래기들
아직도 나이 들지 않은 그 동무들을 만난다
깡통 불 돌리며 너른 들판을 함께 달리던
그 시절을 만난다

정월이 되면 우리는 밤을 기다렸다
깡통에 숭숭 구멍을 뚫고
양쪽엔 철사를 꿰어 줄을 만들었다
마른 나무 조각도 모아두고
성냥도 주머니에 넣어두고
밤이 내리기를 기다렸다
땅거미가 지면

언 하늘에 별들이 반짝이기 시작하고

신호도 없는데 조무래기들은 모여들었다

볏짚을 묶어 부지런히 횃불을 만들고

나무 조각에 불을 붙여 깡통에 담고

뱅뱅 돌리며 너른 들판 달리면

불이 돌고 횃불이 달렸다

시름 모르던 시절도 달렸다

횃불은 기쁨으로 타올라 어둠을 갈랐고

꿈은 추위를 가르며 앞으로만 달렸다

세월은 무정하게 앞으로 달리고

그리움은 어정어정 뒷걸음질하는

그 지점에서 나는

지금도 내 손으로 세월을 뱅뱅 돌리며

혼자서 쥐불놀이를 한다

- 쥐불놀이 -

아직도 비상을 꿈꾸는가

여자 분들의 속성인가? 우리 집사람도 외출할 일이 있으면 '어떤 옷을 입어야 하는가?' 그 때문에 적잖이 고민하는 것을 본다. 내 생각엔 입을 만한 옷인데 아내는 마땅치 않은지 이 옷, 저 옷을 입었다, 벗었다를 반복하는 것이다. 개성이 강한 사람이라 조심스러워서 나는 아무 말도 않지만, 곁에서 보기가 민망하다. 이럴 때 찾아온 영감(靈感)!

외출할 때마다

아내는

거울 앞에 서서 투덜거린다
입을 옷이 마땅치 않다고

옷걸이에 주욱 걸려있는
꾸깃꾸깃한 지난날의 추억들
생기 빠져나간 여인의
추레한 미소다

아내는 그중의 하나를 골라
몸에 걸쳐보고
지그시 눈을 감는다
사연이 통속소설처럼 꿈틀거릴 때
제자리에 다시 걸어 놓는다

아, 너절한 이야기들이 배어 있는

버리지 못한 옷가지들

후줄근하기가

묵은 신문지에 남겨진 사회면 기사다

색상이 왜 이리 촌스러워 보일까

유행 지난 디자인이

시든 꿈을 말하려 든다

옷이 날개라고

옷에 기대어 비상을 꿈꾸었던

서글픔이 밀려온다

켜켜이 쌓이는 세월의 무게에

늘어진 가슴, 굵어진 허리

괜히 화풀이하듯

아내는 투덜거린다

입을 옷이 마땅치 않다고

- 아직도 비상(飛上)을 꿈꾸는가 -

아름다워지기를 원하지 않는 사람이 어디 있겠는가. 늙어가면서도 젊음을 유지하고 싶은 마음에 남자와 여자가 따로 있을 리 없다. 멋지다는 소릴 듣고 싶지 않은 사람은 없다. 물론 어떤 모습을 멋으로 생각하느냐는 각자 개성이나 인생관에 따라 다르겠지만 어떤 옷을 입느냐는 누구에게나 중요한 요소다. 어울리는 옷차림은 얼마나 우아하고 아름다운가! 계절에 어울리고, 자기 나이에 어울리고, 그곳 분위기나 상황에 어울리면 멋진 것이다. 멋을 내고자 하는 사람은 유행에도 민감한 것 같다.

그러나 한편 생각하면 멋을 내기 위해서 외모를 꾸미는데 치중하는 걸 보면 측은하다는 생각도 든다. 인격이 있고 교양을 갖추었다고 외모엔 관심 없이 살아도 된다는 말을 하고 싶지는 않다. 그렇다 하더라도 외모에 의지하여 비상하려는 꿈을 가진다면 서글프다. 왜 위축되는가? 늙어가면서 더욱 당당해지고 싶다. 그게 멋 아닌가.

마음에만 담아두자

몇십 년 만에 고향에 갔다. 그동안 얼마나 그리워했던 고향이던가. 바쁘기도 했지만 만만치 않은 삶이 고향길을 막았다. 너른 들과 들길과 무엇보다 내가 다니던 초등학교.

그런데 직접 가서 만나니 이건 아니다. 그렇게 크고 아름다웠던 내 기억 속의 풍경은 아니었다. 왜 그렇게 좁아졌는가, 운동장이. 왜 그렇게 왜소해졌는가, 학교 건물이. 멱을 감던 그 넓던 내가 실개천이다. 차라리 그리움으로 묶어두었더라면 좋았을 것을.

멀리 떠나 있으면

그리워진다

가까이 오지 말라

오래전부터

내 마음속에 자리 잡은

너에 대한 감정

훼손될까 두렵다

가까이 오지 말라

그리워하는 마음으로

네 전체를 품고

그리워만 하리

가까이 오지 말라

- 가까이 오지 말라 -

내 기억 속에 이토록 오래 남아있는 사람도 있다. 이미 세상을 떠난 사람도 있지만, 아직도 살아남은 사람이 많다. 어느 땐 문득 그들이 보고 싶기도 하다.

책가방 들고 코스모스 핀 철로 따라 난 길을 걸어가던 단발머리 소녀. 세일러복을 입은 모습이 앙증스럽던 소녀. 그동안 어떻게 살았을까? 어떻게 변했을까? 이 풍진 세상이 그의 모습을 어떻게 바꾸어 놓고, 무정한 세월은 또 그의 마음을 얼마만큼 변화시켰을까?

다가갔으면 하다가, 다가왔으면 하다가, 내 모습도 이렇게 되었는데 하면서 마음에만 담아두고 그리워하기로만 한다. 실은 어느 하늘 밑에서 살고 있는지도 모르지 않는가.

지평선

멀리 나가 보거라

막히지 않은 너른 들판으로

거기서 땅끝을 보거라

거기서 하늘 끝을 보거라

입술을 꼬옥 다문 것처럼

일직선으로 금을 긋고

하늘과 땅이

사이좋게 입을 맞추고 있지 않은가

저 높은 하늘과

이 낮은 땅이

하나가 되어 있지 않은가

- 지평선 -

세상에 못 만날 것은 없다. 하늘과 땅도 만난다. 바다에 가면 하늘과 바다가 만나고 있다. 수평선이다. 너른 들판으로 나가면 하늘과 땅이 만난다. 지평선이다.

거룩한 하나님과 죄인 인간도 중보자 예수 그리스도를 통하여 만난다. 그리스도의 희생과 사랑이 사람에게 믿음으로 성사시킨다. 그것이 구원이다. 구원을 막는 것들을 제외한다면 못 만날 것은 없다. 원수도 사랑하면 친구가 된다.

눈깔사탕

내가 어렸을 적엔 큰 알사탕을 눈깔사탕이라고도 했고 일본 말이 섞인 5다마라고도 했다. 아마 당시 그 값이 5원이었기에 붙여진 이름이었을 것이다. 그 눈깔사탕은 우리의 입안으로 한꺼번에 넣기가 곤란할 정도로 컸다. 그래서 어머니는 그 하나를 깨트려 우리 형제들에게 나누어주시기도 했다. 우리는 당시 전방(廛房)이라는 이름으로 불리던 가게에 가서 그것을 사 먹었다. 달걀 하나면 충분히 살 수 있었다. 그 단맛을 무엇과 비교할 수 있었으랴. 단맛에 취해서 단번에 깨물어 먹고 싶기도 했다.

그러나 어디 그럴 수 있는가. 단번에 깨트려 먹기도 어렵거니와 그렇게 먹고 나면 입안이 곧 허전할 터인데. 그 단맛을 오래 느끼기 위해서는 살살 아껴가며 녹여 먹어야 했다. 먼 길도 그

단맛을 음미하면서 걸으면 지루하지 않았다. 산 너머 큰아버지 댁에 심부름을 갈 때도 그렇게 했다.

꼭 사탕뿐이겠는가. 무엇이든지 달콤한 맛을 단번에 보려 하면 곧 그 후가 허전해진다. 달콤한 것일수록 천천히 시간을 두고 음미해야 한다. 행여 아래 시를 읽으며 엉뚱한 생각일랑 하지 마시라.

천천히, 천천히

겉만 굴려가며 핥아야 한다

서두르지 말고

녹아나는 단물만 빨아야 한다

혀끝으로 음미하며

살살

부드럽게 다루어야 한다
더 자극적인 맛을 탐하는 것은 금물
깨트리고 싶은 마음을 억제해야 한다
사랑하는 사람을 아끼듯

네가 만약 인내심을 잃고
콱
깨트리는 순간
달콤한 맛도, 향기도 깨트려지고
잘근잘근 씹을 때
곧 그 맛은 너를 떠나게 된다

- 천천히 그리고 살살 -

한판

한판 붙었으면 한 놈은 코피가 낫겠지

엉겨 붙어서 힘 빠질 때까지 싸워라

보리죽만 먹고 사는 놈들이 얼마나 싸우겠느냐

이제 됐다

그만 풀고 일어나서

코피 묻은 얼굴

주먹으로 씨익, 한 번 문지르고

대폿집으로 가거라

그리고 한 잔씩 마시면서

"너 사람이 그러면 못 써, 인마!"

"그러면 너는 잘했냐?"

그렇게 입씨름 좀 하다가

얼큰해지면 손잡고 나오너라

진정한 사내들이라면

- 한판 -

젊은 혈기들이라 싸움도 가끔씩 일어났다. 차근차근 사안을 따지면 싸움이 벌어지지도 않을 수 있었다. 그러나 그렇게 따질 시간이 어디 있나. 우리 속담에 있는 대로 법보다 주먹이 앞서던 시절엔 만사 제치고 일단 주먹다짐을 해야 했다. 옆에서 말리기도 하고 힘도 떨어질 만하면 비로소 씩씩거리면서도 이성이 찾아왔다. 부모 때려죽인 원수들은 아니잖은가.

이끌리다시피, 또는 못 이기는 체 대폿집에 들어가서 막걸리 한 잔씩 들이켜면서 한 편이 "너 그러면 못 써, 인마!" 하고 한층 낮은 목소리로 충고라도 하면 상대방도 그냥 들어주기만 하지 않는다. "그러면 너는 잘했냐?" 하고 응수하게 된다. 눈곱만 할지라도 자존심이란 게 있지 않은가.

그렇게 헤어지고 나서 다음 날이 되면 서로 아무 일도 없었다는 듯이 품앗이 하며 살았다. 법을 모르던 시절이었다. 그러나 법을 잘 안다는 이 시절보다 낭만적이었다. 한 대 얻어터졌어도 경찰서로 달려갈 줄을 몰랐다. 마음속에 꽁하고 섭섭한 마음 가두어 놓고 두고두고 우려먹으며 살지 않았다.

문명의 발달이 야만을 만드나? 이성이 빛나면 감성이 메마르고 사회가 복잡해지면 순수가 잦아드는가? 과거로 돌아갈 수는 없지만 때로 뒤돌아보는 것도 정신 건강이나 정서상 그리 나쁘지는 않을 것 같다.

신앙인들이여, 한 번 틀어지면 끝까지 가는 그 고집 버릴 수 없나. 원수처럼 싸웠어도 막걸리 한 잔 나누면서 언제 그랬냐 싶게 풀어 버리는 그 정신 배울 수 없나?

노인네 세상

내가 어렸을 적엔 가난해도 자식들은 많이 두었다. 저 자식들을 어떻게 키우고, 어떻게 가르치느냐는 문제 되지 않았다. 사람은 태어날 때 제 먹을 것을 가지고 태어난다고 믿었다.

그런데 요즘은 참 희한한 세상이 되어간다. 본인들은 그렇게 느끼지 않겠지만 지난 세월을 거친 사람들의 생각은 거의 그렇게 느낄 것이다. 결혼을 아예 하지 않는 사람이 늘어난다. 혼자 노력해도 얼마든지 살아갈 수 있는데 굳이 결혼해서 갈등하며 살 필요가 있겠느냐고 한다. 결혼을 해도 자식을 두지 않으려고도 한다. 가르치고 양육하기가 버겁단다. 그러면서 자신들도 살아가기가 벅찬데 태어난 자식들에게까지 고생을 지어줘서 되겠느냐고 그럴듯한 이유를 대기도 한다. 거기다가 동성결혼인가 뭔가 하는 해괴한 가정 아닌 가정도 생긴다. 백번 양보해서 그 결혼을 인정한다 해도 그게 처음부터 자식을 둘 수 없는 공동체니 거기서 무얼 기대할 수 있으랴.

그런 사회 현상이다 보니 교회는 어떻겠는가. 인구가 늘어나지 않는데 성도는 늘어나겠는가. 기현상이 나타난다. 유치부 어린이가 줄어들고 늘어나는 건 노인들이다. 수명이 길어져서 전도를 아무리 외쳐대도 새로운 청년보다는 자연적으로 증가하는 노년층이 많다.

시골에서 목회하는 친구가 전화통에 대고 한숨을 쉬었다. 소망이 없다고 했다. 젊은이가 거의 떠난 지역에 그나마 노인들마저도 하나둘 줄어든단다. 죽어서 떠나는 것이야 어떻게 막을 수 없지만, 요즈음은 병원으로 가는 사람이 많단다. 요 한 달 새에도 세 명이나 요양병원으로 떠났다고 했다.

그러면 차츰 더 나이를 먹어가는 노인들이 모여서 무슨 얘기들을 나눌까? 전도하고 봉사하자는 얘기를 나누겠는가? 자랑도 아닌 얘기를 자랑처럼 나누는 얘기의 주종은 아프다는 것이다. 옆에서 듣다 보면 저게 하소연인가, 넋두리인가 해진다. 아프다는 얘기, 죽는 얘기, 그래도 살고자 하는 얘기들을 들으면서 그 누가 인생의 허무를 느끼지 않을까.

저들도 젊어서는 열심히 일한 사람들인데 세월에 젊음을 다 빼앗기고 '인생이 참 허망하네' 하고 있는 것이다. 그럼에도 감사한 것은 영원한 세계가 예비 되어 있다는 것을 황혼녘에 바라볼 수 있다는 것 아닐까.

해거름에 임자 잃은 무덤 곁에

할미꽃이 무더기로 피면

모락모락

이야기꽃도 물안개처럼 피어오른다

비가 오려나 삭신이 쑤셔

지난밤엔 이빨이 아파서 한숨도 못 잤네

무릎 관절이 아파서 걸을 수가 있어야지

늙을 것 아니데, 병만 처져

이보다 더 아프면 어떻게 살지?

오래 살 것 아녀

그러게 말이여

그 노인네, 자는 것 같이 갔다는구먼

죽음복 잘 탄 게지

더 살면 뭐해, 무슨 영화가 있겠어

그래도 살만큼은 살아야지

자식들 고생시키지 않으려면 아프기 전에 어서
  가야 해

고관절 부러지면 못 일어난다네

그러니까 우리 나이엔 무조건 넘어지면 안 돼

- 넋두리 -

게으름

정오
내 벌거벗은 거처에
칠월도 보름이
후덥지근하게 머물고 있다

펴놓은 책갈피에
흐릿한 눈동자
힘든 초점 맞추기 게임
천근 눈꺼풀이

찍어 누른다

에라, 눕자
수중 드는 시녀 없어도
웃통 벗고 사지 펴니
내가 왕이다

드르럭, 콕. 드르럭, 콕. 드르럭, 콕…
어디에 걸리는가
제 존재 드러내는 늙은 선풍기
돌며 뱉어내는 각혈
내 인생 같은 불협화음
반복이 귀에 거슬려

짜증이 난다 했더니

어느새

자장가로 변한다

- 게으름 -

언제 써 두었던가, 오래전에 써 두었던 졸시(拙詩)를 읽으면서 옛 추억이 되살아났다. 나는 농촌에서 태어나 자랐다. 당시 농촌에서의 일이란 것이 참 고달팠지만, 농번기와 농한기가 구별되었다.

겨울철에는 밖에서 하는 일이 없었다. 부지런히 집 안에서만 새끼를 꼬거나 가마니를 쳤다. 그 외의 농사철에는 그야말로 눈

코 뜰 새 없이 바빴다. 특히 보리를 베고 모를 낼 때는 일손이 부족해서 오죽했으면 부지깽이도 있으면 써먹는다는 속담이 있을 정도였다. 그러나 모를 내고 어느 정도 지난 뒤에는 게으름 피우기 좋았다. 때맞추어 비료 주고 농약 뿌리고 호미로 김을 매면서 설렁설렁 지내기도 했다. 어깨에 삽을 메고 간밤에 물이 빠져나갔는가, 논두렁을 휙 한 바퀴 둘러보고 쉴 때도 있었다.

한 여름엔 달린 문이라곤 죄다 열어 놓아도 바람 한 점이 없어 숨통이 확확 막히기도 했다. 이럴 때 웃통을 다 벗고 있어도 누가 예의를 따져 나무라지 않았다.

그런 날씨에는 마실 다니는 사람도 없으니 집안이 온통 적막하기만 했다. 냉장고도 없던 시절에 에어컨은 있었겠는가. 진땀을 흘리며 연방 부채질만 하던 때에 고물 선풍기만 있어도 호사였다.

책을 읽겠다고 앉아 있으면 눕고 싶고, 누우면 으레 낮잠이 찾아왔다. 눈꺼풀이 천근은 되나 싶다. 드르럭 거리며 돌아가는 선풍기 소리가 처음엔 귀에 거슬리지만, 나중엔 자장가가 된다. 왕이 되어서 큰대 자[大]로 누워 자도 누가 뭐랄 사람이 없다. 완전 자유다.

지나고 나니 그런 시절에 있었던 일도 아른거리는 추억이다. 가난하고 고달프기도 했지만, 이제는 되돌릴 수 없는 그리운 추억이 되었다. 그때 누렸던 자유는 누릴 수가 없다. 무엇이 그렇게 바쁜가.

색깔은 다를지라도 지금도 고달프기는 마찬가지고 오히려 더 옥죄는 것 같다. 지난날에 만끽했던 왕 같은 자유는 어디로 갔는가. 모든 게 편리해진 세상이지만 그만큼 삶이 복잡해지고 마음고생은 오히려 더 하는 것 같다. 지금 우리는 어디로 가는 걸까.

전봇대가 보이는 풍경

창틀로 불쑥 전봇대가 들어왔다

팽팽한 전깃줄에 묶여

골고다의 십자가처럼

양팔을 벌리고

문득 거기 서 있다

왜 몰랐을까

항상 거기 서서

원정(園丁)처럼, 파수꾼처럼

세월을 지키고 있었는데

눈길 한번 주지 않았어도

변함없이 내 방을 밝혀준 신의(信義)가 고맙다

잊고 산 것이 너 뿐이겠느냐

흘러간 것이 세월뿐이겠느냐

허전할 때마다 거기

전깃줄에 앉아 지절대던

참새와 제비들은 어디 갔는고

흔적도 남기지 않고

어느 바람이 몰아갔는고

다시 돌아갈 수 없는 빈자리에

우중충한 하늘이 내려와 있다

- 전봇대가 보이는 풍경 -

어느 날, 창문을 통하여 밖에 전봇대가 서 있는 것을 발견했다. 전에 없던 것을 발견한 것이 아니라 항상 서 있었는데 무심히 지나쳤다가 그날 새롭게 발견한 것이다.

그 전봇대가 내게 생각할 기회를 주었다. 내가 자기를 의식하지 않았어도 모든 세월에 나를 지켜주었지 않은가. 마치 내가 의식하지 않았을지라도 십자가의 예수님이 항상 그 자리에서 나를 지켜주신 것처럼.

지난날 고향에서 살던 시절, 그때는 전깃줄에 참새와 제비가 무수히 앉아서 지절댔었다. 그런데 지금은 모두 어디로 갔나? 하나도 없다. 세월이 흐르면서 변한 것이 어디 하나둘이겠는가만 지금 발견한 전봇대가 보이는 풍경이 허전하다.

친구, 김익중

지금의 초등학교라는 이름은 불린 지 그리 오래되지 않았다. 우리가 다닐 적에는 국민학교로 불렀다. 6.25 전쟁이 끝나고 시국이 조금씩 안정되어가던 시절, 나는 우리 집에서 시오리 되는 학교를 걸어서 다녔다.

한 반의 아동 수가 60명 이상이었던 것으로 기억하고 있다. 그야말로 콩나물 교실이었다. 한 학년이 세 반이었으니 졸업생 수가 200명 남짓이었을 것이다. 그때 우리는 모두 눈물을 흘리며 졸업가를 부르고 학교를 졸업했다.

지금도 생각나는 당시의 졸업식 노래를 한 번 불러야겠다. 나중에 안 것이지만 윤석중이 작사하고 정순철이 곡을 붙였다고 한다. 1절은 재학생이, 2절은 졸업생이, 3절은 졸업생과 재학생이 함께 불렀는데 이 노래를 부르며 눈물바다가 되었던 기억이 새롭다.

1절
빛나는 졸업장을 타신 언니께
꽃다발을 한 아름 선사합니다
물려받은 책으로 공부를 하여
우리들도 언니 뒤를 따르렵니다

2절
잘 있거라 아우들아 정든 교실아
선생님 저희들은 물러갑니다
부지런히 더 배우고 얼른 자라서

새 나라의 새 일꾼이 되겠습니다

3절

앞에서 끌어주고 뒤에서 밀며

우리나라 젊어지고 나갈 우리들

냇물이 바다에서 서로 만나듯

우리들도 이다음에 다시 만나자

당시는 대체로 집안이 빈한해서 상급 학교로 진학하는 학생이 절반도 안 되었다. 나는 중학교가 있는 도회지로 중학교 3년, 고등학교 3년 도합 6년 동안을 기차를 타고 통학을 했다. 그리고 군대를 다녀온 후에 부모님을 고향에 두고 서울에 정착했다. 그리고 바쁜 생활 중에 초등학교 동창들을 잊고 살았다. 내가 원래 내성적이어서 사교성도 없고 주변머리도 없는 터라 어디에 동창생이 산다는 소식을 들었다 해도 찾아 나서지 못했을 것이다.

그런데 다 늙어서 연락이 왔다. 동창을 만나러 나오라는 것이었다. 반갑기도 하여 나가보니 그들도 늙어 있었다. 서울 부근으로 옮겨와 사는 동기생이 20~30명은 되는가 보다. 그동안에 세상을 떠난 친구의 소식도 들었다.

이제는 모두가 현역에서 물러났는데 어릴 때처럼 서로 이름을 부르면서 "야" "너"로 통하고 있었다. 흐르는 세월에 몸은 늙었지만, 마음은 아직도 꾀복쟁이 친구들이었다.

반백 년도 훌쩍 넘긴 세월

살아남은 사람들 몇이 모였네

초등학교 동무들

쪼글쪼글한 얼굴은 그러리라 짐작했지만

이 녀석은 들어보니 이름은 생각나는데

얼굴은 모르겠고

얼굴은 어렴풋이 기억나는데

저 녀석은 이름이 생각나지 않네

그래도 모진 세월 용케 살아남은

꾀북쟁이 친구들

그래, 그동안 어떻게들 견디었는가

풍상의 반백 년을 훌쩍 넘겼어도

여전히 고향 사투리 섞인 고소한 대화

묵은 된장 맛이네

\- 묵은 된장 -

그중에 한 친구가 칠순 잔치를 한다고 연락이 와서 다녀왔다. 학교 다닐 때도 키가 작았는데 지금도 그랬다. 그 개구쟁이가 칠순이라. 다녀와서 글을 남기고 날짜를 기록해 두었는데 2013년 11월 16일로 되어 있다.

이보게, 친구

50여 년 만에 만났더니

자네도 늙어있더군

초등학교 때도 키가 작았는데

여전히 키는 작고

거무스름한 얼굴과 이마의 주름이

자네도 서울 바닥에서 고생했으리라

짐작이 가더구먼

순박한 시골 인심에 파묻혀 살다

서울로 올라온 자네나 나는

고생하지 않았다 하면 거짓말이지

서울이 허울은 호화로운데

우리가 기댈 녹녹한 곳은 아니더라고

세월이 결혼하게 하고

세월이 자식 낳게 만들고

가솔 이끌며 고생하게 만들더니

어느덧 칠순

산 날보다 살아갈 날이 얼마 남지 않은 우리

그래도 살아서 만나

옛 이야기 나눌 수 있으니

감사하지 않은가

축하하네

인생은 70 넘기가 어렵다고 했던 두보(杜甫)에게

우리가 거뜬히 넘었노라고

큰 소리 한 번 치고

여유롭게 나머지 생은 하늘에 맡기세

주신 건강 지키며

자손들을 격려하며

한 걸음, 한 걸음 나아가세

우리 모두, 옥구 45회 졸업생은

어깨동무하고 걸어가세

저 영원한 나라까지

- 친구, 김익중의 칠순을 축하하며 -

이모(姨母)

어머니는 친자매가 셋이었다. 그러니까 이모는 세 분이셨다. 어머니는 어느 날 우리 형제들에게 말씀하셨다. "먼저 어머니가 돌아가셔서 어머니가 보고 싶으면 이모를 찾아뵈라는 옛말이 있느니라." 다행히 나는 어머니가 그중 오래 사셔서 굳이 보고 싶은 어머니 때문에 이모를 찾아가 뵐 일은 없었다.

이제는 돌아가신 어머니
어머니가 보고 싶으면
이모를 찾아뵈라시던 어머니
얼굴 모습도

말소리도

어머니 닮은 이모

인자한 성품은 왜 안 닮았으랴

이모도 나를 보면서

당신 언니인

내 어머니를 생각하겠지

같은 젖을 먹고 자랐던 언니

그 살붙이를 보면서

당신 형제를 낳아주셨던 어머니

내 외할머니는 왜 생각나지 않으랴

정으로 살고, 그리움으로 사는

우리는 사람

- 이모(姨母) -

그런데 이제는 세상이 바뀌었다. 인심이 바뀌고 친척 간의 정도 퇴색했다. 내 주변에 어떤 이모 되는 사람이 자기 조카를 고발하여 죄인 만든 사람이 있다. 돈에 얽히기도 했지만, 순전히 미운 생각으로 한 짓이었다. 아무리 그렇기로 제 언니의 아들을 전과자로 만들 수 있을까?

어머니의 모습만 닮았을 뿐 어머니의 심성을 전혀 닮지 않은 그의 이모를 보면서 그래도 제 어머니께서 말씀해 주셨던 이모가 살던 시절을 생각해 보았다.

호랑이가 내려다본다

호랑이가 나를 내려다보고 있다
바위를 두 발로 안고, 웅크린 채
두 발에는 발톱이 서늘하다
귀가 쫑긋하고
코와 수염과 꼭 다문 입
검은 줄무늬 옷을 입은 몸집에 위엄이 서려 있다
그 중의 저 눈, 심상치 않게 노려보는 저 눈
왜 심산에서 내려와 유심히 나를 보는 거야

깊숙이 내 심중을 꿰뚫듯 노려보는 저 눈매
'너 죄지었지?' 하는 것 같기도 하고

한 번도 깜박이지 않는
그 눈매에서 벗어나지 못하는데
덫에 걸린 내 양심
나는 죄인입니다는 고백으로 겨우 빠져나와
비로소 미소 띤 호랑이의 눈을 본다
심심하니 나하고 놀자는 표정이다

- 호랑이가 내려다본다 -

호랑이 사진을 본다. 호랑이는 누가 뭐래도 백수 왕의 위용이 있다. 그래서 사진이 아니라 실물을 본다면 어떻게 될까? 무서움에 떨 것이다.

그러나 호랑이보다 더 무서운 분이 계시다. 그분은 우리의 생사 화복을 주관하신다. 그분을 두려워해야 한다. 그러나 회개를 통하여 그분을 영접하면 그분은 더 이상 두려운 분이 아니다. 무척 자애로우신 분이다.

간소한 장례식

자살하는 사람이 많다. 심각한 사회 병리 현상이다. 유명인의 자살을 보고 따라 죽는 이른바 베르테르의 효과도 많이 나타난다. 순진한 것도 같고 어리석은 것도 같다. 인생을 너무 가볍게 여긴 처사라고 말할 수밖에 없다.

세상에는 정말 살고 싶지 않은 환경과 상황이 있다. 어떤 사람에게는 생활고(生活苦)가 그렇다. 어떤 사람에게는 질병으로 인한 고통이 그렇다. 실연(失戀), 소외감 같은 고통을 무시할수 없는 것이고 인생의 허무감이 좌절을 가져올 수도 있다.

그러나 그 아픔을 이해하면서도 극단을 선택한 모습을 보면 안타깝다. 인생의 참 맛이란 그런 극한 고난을 극복하는 데서도 찾을 수 있을 터인데 하는 안타까움이다.

오늘 아침에 일어나 보니 나방 한 마리가 물 잔에 빠져 죽어 있었다. 어젯밤에 반쯤 마시고 남겨둔 물 잔이었는데 하필이면 거기에 빠져 죽은 것이었다. 물과 함께 버렸지만 생각게 하는 것이 많았다.

그런 의지가 있다면 살길을 찾지 그랬느냐
네 시신 앞에 두고 그렇게 말하지는 않겠다
솔직히 말해서 나는 널 싫어했다
밖에 나가면 너른 세상인데
끝없이 펼쳐지는 공간인데
왜 하필 내 좁은 방으로 들어와

여기저기 공중을 휘젓고 다니는지

내 정신을 수시로 어지럽힌 너

그렇다고 생명까지 끊을 게 뭐더냐

어찌 그리 독한 마음을 먹었느냐

무엇이 너를 그렇게 힘들게 하고

무엇이 너를 그렇게 아프게 한 거니

너는 그래도 창공을 훨훨 날 수 있었는데

아주 작지만, 자유스럽게 나는 날개가 네겐 있었는데

날아다니기도 힘들었다는 거지

먹고 살기도 어렵고

잡혀 죽을까 도망 다니기도 지쳤고

그래서 결국 독한 마음 먹고 물에 몸을 던졌구나

독한 것

물 속에 빠져 허우적거리며 비로소 후회는 하
지 않았더냐

이를 꼭 물고 숨을 거둔 네 모습

측은하다고 할까, 평화스럽다고 할까

장례식 절차는 간소하게 하기로 했다

자신의 존재 의미조차 몰랐던 너

생명의 존귀함을 몰랐던 너

고난 속에 참 의미가 있다는 것을 터득하지 못
했던 너

어젯밤에 반쯤 마시고 잠들었는데

그 컵의 남은 물에 너는 몸을 던져 버렸구나

꾀죄죄하고 허무한 일생

네 시신 물과 함께 개수대에 버리고

수돗물 틀어 유리컵 씻는다

네 흔적이 조금이라도 남을까 하여

다시 한 번 컵을 헹구고

나의 조문도, 날벌레의 장례식도 끝

- 간소한 장례식 -

가로등과 가로수

가로에는 가로등과 가로수가 서 있다. 어찌 보면 저들은 참 불쌍하다. 지나치는 모든 차량의 먼지를 뒤집어쓰며 매연과 소음을 고스란히 받아들여야 한다.

본래 저들의 고향은 이 가로가 아니다. 어딘가 태어난 고향에서 자라다가 사람들의 편의대로, 사람을 위해서 옮겨온 것이다. 처음 심겨질 때 이 척박한 곳에 뿌리를 내리면서 얼마나 힘들었겠는가. 그래도 모진 생명이라 살아남은 것이다.

그들에게는 미안하지만, 가로등과 가로수가 나란히 서 있는 모습을 보면서 내 장난기가 발동했다. 그들은 같이 고생하고 있는 이 가로에서는 이방인이고 그래서 서로의 사정을 누구보다도 이해하는 형제 같지만 서 있는 목적이 다르기 때문에 서로에게 고통을 줄 수도 있겠다는 생각이 들었다.

어디 이들뿐이겠는가. 사람들도 서로 사정을 이해하면서도 사랑만 할 수 없고 자주 갈등을 겪는 경우가 많지 않은가?

이름으로만 보면 가로등과 가로수는

가 씨(氏) 성(姓)을 가진 로 자(字) 돌림의 형제 같다

줄줄이 길가에 서서

먼지를 뒤집어쓰고

오가는 차량의 소음과 매연

나누어 마시며 종일 견디는 걸 보면

영락없는 형제 같다

사이좋은 형제 같다

그러나

가로등과 가로수가 형제라면 배다른 형제일 게다

곁에 서 있을 뿐 성품이 너무 다르다

아무리 시끄러워도 낮잠을 즐기는 가로등 곁에서

가로수는 어서 저녁이 오기를 기다린다

쉬고 싶은 것이다

고요한 밤에 별 뜨던 하늘이 보고픈 것이다

부엉이의 울음소리가 들려오던 고향이 그리운
  것이다

그러나 어이하랴

어둠이 땅바닥에 내리기 전에

가로등은 방해꾼

눈을 번쩍 뜨고 세상을 밝힌다

차라리 남보다 못한 배다른 형제

밤마다 잠 설치는 가로수 곁에서

졸지도 않는 가로등

- 배다른 형제 -

어라, 너 무임승차하겠다고?

잠깐 창문을 열어놓은 사이
파리 한 마리
차 안으로 날아들었다
낯선 곳에 든 저 어리둥절한 모습

어라, 너 무임승차 하겠다고?
아무리 쫓아내려도 날렵한 비상
생사를 건 도피
서울은 네가 살 곳이 아니라고

사람도 많고

공기도 탁하고

눈 감으면 코 베가는 곳이라고

설득하며 쫓아내도 막무가내의 저항

그 고집이 대단하다

일하기 고달프다고

일해 봤자 보람이 없다고

조금이라도 힘이 남았을 때에 떠나야 한다고

젊은이들이 모두 고향을 등진 판에

넌들 남아있고 싶겠는가

파리 목숨 하찮다지만

아직 다 늙지도 않았는데

아직 병들지도 않았는데

인심이 좋으면 뭘 하나

공기가 맑으면 뭘 하나

산천이 수려하면 또 뭘 하나

어디로든 떠나고 보겠다는

필사적인 몸부림

외롭고 애처로운 눈빛

저 집념

어라, 끝내 무임승차하겠다고?

- 어라, 너 무임승차하겠다고? -

한여름이었다. 바람 좀 쐬고 오자는 사람들이 있어서 함께 조용한 시골로 내려갔다. 대여섯 명이 봉고차를 탔다. 점심 시간이 되어서 창문을 열어 놓은 채로 나무 그늘에 둘러앉아 준비해 간 음식을 먹었다.

그리고 돌아와 보니 차 안에 불청객이 몇 들어와 있는 게 아닌가. 파리들이었다. 무슨 냄새를 맡았는지 제멋대로 공간을 날기도 하고 의자에 앉기도 하며 놀고 있었다. 이 녀석들과 그냥 같이 타고 올 수는 없지 않은가. 잡기도 힘들지만 죽이기보다는 밖으로 내쫓으려고 하는데 이 녀석들이 밖으로 나갈 줄을 몰랐다. 신문지를 말아 쥐고서 쫓아내도 이리저리 피할 뿐 도무지 나가지를 않았다.

70~80년대, 우리나라에 산업화 바람이 불면서 농촌의 젊은이들이 도처로 떠나기 시작했다. 농사짓기 힘들고 열심히 일해도 살림은 팍팍하기만 했다.

나도 그때 고향을 등졌다. 부모님의 은근한 만류도 뿌리치고 떠나왔다. 농촌에서 무엇을 이룰 수 없을 것 같았다. 더구나 사랑하는 사람이 이미 서울에 정착해 있었다. 죽이 되든 밥이 되든 떠나고 싶었다.

떠나오던 날 내가 땅에 엎드려 땀 흘리며 일했던 논배미를 한 번 둘러보고 독한 마음으로 집을 떠났다. 물론 서울에 올라와서 갑자기 형편이 좋아질 리 없었다. 새로운 고생을 해야 했다. 사서 고생하는가, 하는 생각도 들었다.

그러나 지금 생각하면 그동안 어려움을 많이 겪었을지라도 그때 잘 떠나온 것 같다. 모르면 몰라도 내가 지금까지 고향에 남아 있었다 한들 무슨 뾰족한 수가 있었겠는가.

차 안에 들어온 파리들이 밖으로 나갈 줄을 모르고, 쫓아내려는 우리의 의도도 모르고 피해 다니는 모습에서 나는 문득 지난 날 고향을 떠나기 위해서 조금은 불안하고 조금은 희망을 가지고 차에 올랐던 많은 젊은이들이 생각났다. 무작정 떠나야 살 것만 같았던 그 절박했던 심정이.

신호등 앞에서

문명은 편리를 가져다주고 있다. 이기(利器)들을 만들어 힘들이지 않고 많은 일을 하게 할 뿐만 아니라 대량생산으로 고루 나누어 쓰게도 한다. 교통과 통신의 발달은 세계를 하나의 촌락으로 만들고 정보를 공유하며 편의를 도모한다.

그런데 문제는 그 문명이 사람을 위해서 쓰임 받는 듯하다가 어느 사이에 사람도 하나의 기계처럼 사용한다는 데 있다. 우리가 지금 기계를 움직이고 있는가, 기계에 의해서 기계화 되었는가?

여러분은 길을 건너려다 신호에 걸려서 기다려 본 일은 없는

가. 신호는 물론 교통을 원활히 하고 생명을 보호하기 위해서 만든 훌륭한 운용체계다. 그럼에도 나는 그 앞에서 생각에 잠길 때가 있다. 질서를 위해서 자유가 조금 제약을 받을 수 있다는 것을 모르지 않지만, 시간을 빼앗긴다는 게 아깝다.

순간이라 할지라도 기계에 의해서 사람의 자유가 정지될 수 있다는 게 아쉽다. 정확히 조절된 기계의 가르침에 따라서 내가 움직여야 한다는 것은 내 개성을 무시한 또 하나의 기계화가 아닌가.

기계 문명이 발달하면서 어느 사이 내가 기계처럼 규격화 되어가고 있지는 않은가? 이미 잘 발달된 기계처럼 어떤 시스템에 순응하는 또 하나의 기계가 아닌가? 나의 본질이 퇴색되고 순수한 인간성을 잃어가고 있지는 않는가? 영혼 없는 고깃덩어리로 전락하고 있지는 않는가? 하여 더러 문명에 대들고 싶을 때가 있기도 하다.

문명은 수시로 나를 낭패케 한다

길을 건너려는 순간 바뀌는 신호등

빨간 신호가 나를 좌절시킨다

생사라도 걸듯

파란 신호를 보고 돌진했는데

깜박깜박하다가 결정적인 시점에서

잽싼 내 수고를 휴짓조각처럼 무산시킨다

빗발 되어 쏟아져 내리는 허탈감

질서라는 명분 앞에서

한낱 기계로 변신하는 추레한 나

곧 신호 따라

길에는 자동차의 행렬이 물결처럼 흐르고

안전이라는 이름으로 박탈된 자유만 가슴을 파

고든다

멍하니 서서 아무 대책도 없이

계속 가고자 하는 욕구를 억제시키는 굴복

서서히 내 인생은 문명에 마모되고

굴레 쓴 짐승처럼 순치된다

오직 파란 신호만 기다리며

생애에서 가장 교활하게

약탈당하는 시간

- 신호등 앞에서 -

밤에 우는 매미

매미의 일생을 사람의 정서로 이해하면 슬프다. 세상에 1,500여 종류가 있다는데 어미가 알을 낳으면 1년 동안 나무껍질 속에 있다가 다음 해에 부화해서 땅속으로 들어간다고 한다. 거기서 짧게는 2, 3년, 길게는 6, 7년을 유충으로 지내는데 어떤 종류는 무려 17년 동안이나 지낸다고 한다. 그 어둠 속에 있는 기간 동안 많은 유충들이 천적들에게 잡혀먹힌다는 것이다.

겨우 살아남은 애벌레가 나무에 올라 약 두 시간 동안 몸을 말린 다음 드디어 성충으로 생활한다는 것인데 그렇다면 그렇게 오랜 세월을 지나 태어난 매미의 수명이 얼마나 되는가? 겨우 열흘 안팎이라 한다. 매미가 그 뜨거운 날에 왜 울까? 사람의 정서로 이해한다면 왜 운다고 여겨지는가? 수컷이 암컷을 찾는 울음이라는 학문적인 이론은 여기서 좀 배제하기로 하자. 매미는 그렇게 울어야 할 것 같다.

그런데 문제는 낮에만 울던 매미가 이제는 밤에도 운다는 사실이다. 우리 아파트 부근에서는 밤에 잠을 설치게 할 정도로 울어댄다. 매미에게 무슨 더 울어야 할 아픔이 있어서인가. 아니다. 요즈음은 밤도 낮처럼 밝아서 매미가 밤낮을 구별하지 못한다 하지 않는가. 낮처럼 환한 가로등이 매미를 헷갈리게 하는 것이다.

그렇다. 우리를 헷갈리게 하는 것이 비단 그런 현상뿐인가? 세상 돌아가는 모습을 보면서 뜻있는 사람은 밤을 새워가며 울 것이다. 그렇다면 울고 싶은데 매미가 같이 울어주는 것이다.

열대야에 잠들 수 없느냐

잠들지 못하고 자리에 누워

네 울음소리를 들어야 하는 내가 처량하다

아직도 수그러들지 않는 화끈한 열기

밤이 내린 지 이미 오랜데

무슨 한이 그리 많아

낮 동안 목 놓아 울고도

더 울어야 하느냐

어둠 속에서 가꾼 7년 소망이 빛나갔느냐

7일 살기도 역겹단 말인가

울어야 할 세상은 잠들어 있고

너와 나만이 깨어 있구나

왜 요새는 밤에도 매미가 우느냐고

갸우뚱하는 사람들을 위해

너는 밤을 새 울어다오

아직도 여력이 있어

울고 싶을 때 소리내 울 수 있는

네가 부럽다

밤이 낮 같고, 낮이 밤 같은 세상에서

머물 시간이 얼마나 남았느냐

그때까지 울어라

밤에도 우는 매미야

- 밤에 우는 매미 -

망국의 땅

크리스천 문학가 협회 회원들과 백제의 고도 공주로 문학 여행을 떠난 일이 있다. 비단결같이 고운 햇빛이 내리는 봄날이었다. 조용한 도시요, 산천이 수려한 곳이다. 옛 나라가 수도로 정할만한 곳임에 틀림없었다.

그러나 나는 고적 하나 변변히 남아있지 않은 푸른 산야에서 왜 그럴까, 울컥 치밀어 오르는 슬픔이 있었다. 백제는 패배한 나라요, 패배의 슬픔을 안고 살아온 사람들의 나라가 아닌가.

하긴 어느 나라가 일어났다가 망하지 않은 나라가 있었던가 만은 유구한 역사 속에 망국의 슬픔을 안고 있는 땅에서 나는 위로의 노래를 지었다.

망국의 땅에 사는 사람들아

울지 말아라

차라리 노래를 불러라

슬픔의 노래로

위로를 삼아라

슬픔의 땅에 사는 사람들아

울분을 토하지 말아라

묵묵히 견딤이

지고도 이기는 비결

백제의 땅에 사는 사람들아

이제는 일어나자

수치와 아픔에서 벗어나

굳세게 살아가자

살아 있음이 승리 아니던가

- 망국의 땅 -

여행을 마치고 돌아오는 길에 어둠이 내려오고 있었다. 왜일까? 노래를 부르고 싶었다. 이런 때는 걸쭉하면서도 가슴을 저리게 하는, 애수가 깃든 유행가가 제격이리라.

금강이 흘러갔네 지금도 흘러가네

피맺힌 사연품고 공산성 돌고돌아

말없이 흘러내려 백마강 되었구나
물새야 울지마라 낙화암도 구슬프다

금강이 흘러가네 백제가 흘러갔네
찬란한 문화유산 어디서 찾으려나
쌓아논 공적들이 산산히 깨졌구나
한많은 백성들의 신음소리 그쳤는가

망국의 숨결안고 금강이 흘러가네
계백의 혼백은 어디서 길잃었나
황산벌 울고넘어 부소산에 오르리라
선량한 백성들아 이제다시 울지말자

- 금강이 흘러가네 -

강릉 경포대 소나무 숲

강릉에 갔다. 여럿이 모여 무엇을 의논하는 모임이었는데 따분하기도 해서 나는 일행을 떠나 밖으로 나와 찬바람을 쐬었다. 날씨가 차가우면 머리가 맑아진다. 사고(思考)도 냉철해지는 것 같다.

강원도에 오면 무엇보다 소나무가 욕심이 난다. 어디에 있는 소나문들 늠름하지 않으랴만 특별히 동해안을 따라 서 있는 소나무 수풀은 가히 선비의 모습이다.

불어오는 해풍을 받으며 기개를 자랑하는 모습이 그러잖아도 사시사철 푸르러서 선비의 지조를 상징하는 나무인데 이건

숫제 내 마음을 사로잡아 버린다. 거기에 눈이라도 내려 가지에 눈 더미를 얹고 있으면 탐스러운 꽃을 피운 화사하면서도 위엄을 갖춘 군자의 자태가 아닌가.

아무리 생각해도 우리나라를 대표하는 나무는 소나무이고 그 자태야말로 단아한 우리 민족성과 통하지 않을까 싶다. 키가 작지 않다. 그렇다고 무조건 위로만 자라는 게 아니라 적당히 자란 자리에서 가지를 나래처럼 불규칙적으로 사방에 뻗고 있는데 그 모습이 그렇게 어른스런 멋을 자아내는 것이다.

나는 소나무 향기가 좋다. 송림에 들어가면 머리가 맑아지는 것 같은 것은 그 향기가 기분을 상쾌하게 하기 때문이 아니겠는가. 거기에 만약 그 나무가 바닷가에 서 있다면 그 나무는 짭조름한 소금기를 머금은 바람에 더욱 단단해질 것이고 그래서 더욱 고고한 향기를 낼 것이다.

나무는 바다를 그리워하며 더 넓은 바다를 품고 있으리라. 나는 물새들의 무심함도 개의치 않고 떠다니는 어선도 달관한 성자처럼 그림 감상하듯 바라보고만 있을 것이다. 누구를 그리워하고 있을까.

나는 강릉 경포대 소나무 숲에 잠시 서서 그 소나무들과 함께 밀려와 부서지는 파도 소리를 듣는 소나무가 되어 보았다. 그러잖아도 바다만 보면 마음이 확 트이고 형언할 수 없는 희열과 어머니 품 같은 포근함을 느끼는 나에게 이 겨울 강릉 나들이가 나를 순수의 세계로 이끌어 주었다.

강릉 경포대 소나무 숲
시린 발로 눈밭에 서서
융단 같은 바다를 바라본다

소금기 절은 시퍼런 바람 앞에서

의연하게 버티는 소나무들

수평선 저 멀리에 걸린 그리움 한 조각

바다를 다 품고도 잡히지 않아

열정적인 그날의 포옹을 위하여

아린 가슴 움켜 안고 있다

밀려와 부서지는 파도소리

드러나는 하얀 바다의 속살

바라보며, 참으며, 성숙하는

강릉 경포대 소나무 숲, 거기에

나도 한 그루 소나무로 서 있다

- 강릉 경포대 소나무 숲 -

산은 항상 거기에 서 있는 게 아니다

비 개인 어느 아침나절, 멀리 보이던 북한산이 말끔히 세수를 한 모습으로 나타났다. 가깝게 보였다. 그러고 보니 지난 겨울에는 마음에서 멀어진 탓으로 산을 의식하지 못하고 살았고 요즘엔 흐릿한 날씨 때문에 산이 멀어 보였다. 새삼스럽게 고정된 사물도 멀리 또는 가깝게 느껴질 수 있음을 생각했다.

산은 항상 거기에 서 있는 게 아니다
가까이 다가오기도 하고
내게서 멀리 달아나기도 한다

칙칙한 계절을 벗고

지금 초록 옷으로 갈아입은 너는

한동안 내 앞에서 달아나 있었구나

삭풍에 벌거숭이가 되었을 때도

고비 사막의 황사가 하늘을 덮었을 때도

매캐한 매연으로 눈 뜨기조차 거북할 때도

너는 분명히 내게서 멀리 떠난다

며칠 동안 구질게 내리던 비가 멎었다

목욕을 한 말끔한 자태로 오늘 아침

네가 얼마나 내게 가까이 다가와 있는가를 본다

언제나 제자리에 서 있으면서

항상 제자리에만 서 있는 것도 아닌 너

비로소 나는 저 거대한 산도

나와 가까울 수도, 멀어질 수도

네게서 아주 멀리 떠날 수도 있음을 알았다

하물며 발 달린 짐승들이랴

머리 쓰는 사람들이랴

- 산은 항상 거기에 서 있는 게 아니다 -

비가 내리는 날에는 청평으로 가자

친절하게 지내는 문우들과 청평에 있는 유원지로 놀러 간 일이 있었다. 막 여름으로 넘어가려는 시점이었는데 비가 내렸다. 유원지에 놀러 가서 비를 만나면 기분을 잡칠 수 있지만 그 날은 그래서 오히려 좋은 날이 되었다. 비가 내리면 우리의 감성은 눈을 뜨고 차분해지지 않는가. 비에 젖는 산천과 줄기차게 흐르는 냇물이 수채화요, 연주하는 음악이었다.

음식을 맛있게 먹고 시시콜콜한 내용이지만 재미있게 나누고 저물 때까지 있었다. 이 어마어마한 우주에 우리는 하나의 미물에 불과하고 흘러가는 세월의 한 귀퉁이에 잠시 머무는 나그네 아닌가.

비가 내리는 날에는

청평으로 가자

산도,

흐르는 물도

비에 젖는 그 유원지로 가자

마음에 맞는 또래들

두어 명과 함께 가도 좋으리

하늘은 채색된 흙빛이어도

바위에 부딪히는 냇물은

영롱한 별빛으로 뜨는

청평, 샘터 유원지

차려온 음식 맛나게 먹고
산수화 병풍 둘러보고 있노라면
바람 맞고 서 있는 한 덩이 바위여도 좋아라
한 마리 새가 되어 노래하고 싶어라

하늘과 땅이 붙어있고
어제와 오늘이 구별되지 않는 곳
줄기차게 물줄기만 흘러가는데
세월은 태고로 돌아간다

지금 여기는 어디쯤인가
무수히 서 있는
소나무, 잣나무의 숲 속에서

나는 서성이고 있다

유구한 역사의 한 귀퉁이에 머문

한 마리 미물이 되어

- 비가 내리는 날에는 청평으로 가자 -

하롱베이에서 톤레삽 호수까지

노회(老會)가 주관하는 목회자 부부 수양회에 참여했다. 장소는 베트남과 캄보디아였고 4박 6일 동안이었다. 베트남은 그 유명한 월남 전쟁 시 우리가 군대를 파견하여 싸운 나라 아닌가. 결국, 공산화로 통일을 이룬 나라가 되었지만, 지금은 우리와 관계가 좋아지고 있다. 항상 그 나라 사정이 궁금하던 차에 관광하게 된 것이다.

두고두고 기억에 남을만한 명승지는 역시 하롱베이였다. 약 3,000여 개의 섬과 기암이 바다 위에 솟아 감탄을 자아내게 하는 하롱베이는 베트남 제일의 경승지로 1994년 유네스코가 지정한 세계유산목록 가운데 자연공원으로 등록된 바 있다.

연중 호수처럼 바다가 잔잔한 것은 그 많은 섬들이 방파제 역할을 하기 때문이라 했다. 간간이 비가 뿌려지기도 했지만 우리는 오히려 쨍쨍 내리쪼이는 뙤약볕 아래서 보다 시원하게 호수 같은 바다를 즐길 수 있었다.

호수 같은 바다

신(神)은 고난의 나라에 평화를 그림처럼 뿌려
놓았다

천년의 세월은 중국 사람들에게

백 년의 세월은 불란서 사람들에게

2차 대전 시에는 일본 군인들에게

그리고 이후에는 세계가 끼어든 민족전쟁으로

눌려 살며 바람 잘 날 없던 나라에도

여기

3,000여 개의 섬이 서로 방파제 되어

웬만한 태풍에도 끔쩍 않고

언제나 거울같이 맑다는 하롱베이

관광선 물살 가르며 지나는데

가랑비에 젖는 잔잔한 호수

전쟁과 파괴는 그림자조차 보이지 않고

야-아!, 야-아!

이방 나그네들의 탄성만 번져나간다

베트남이여, 너는

잠시 머물다 가는 이 나그네의 소원을 아는가

하롱베이처럼 잔잔하거라

하롱베이처럼 아름다워라

- 하롱베이에서 -
2010. 9. 7.

캄보디아 하면 나로서는 우선 생각나는 게 세계 7대 불가사의라고도 하며 유네스코가 지정한 세계문화유산에 등재된 앙코르와트 사원과 1975년에서 1979년 사이 캄보디아의 군벌 샐로스 사르가 이끄는 크메르루즈라는 무장단체가 지식인들과 종교인들을 무작위로 학살한 현장 '킬링 필드' 정도다.

이 두 곳을 관광하고 마지막 날 우리는 톤레삽 호수로 갔다. 여기는 수상촌(水上村)이 있는 곳이다. 캄보디아의 중앙에 위치

하고 있으면서 동양 최대의 호수를 자랑하는 이곳은 호수라고 하기에는 너무 넓다. 캄보디아 전 면적의 15%를 차지하는 곳이다. 메콩 강물이 역류하여 흘러드는 바람에 물이 뿌옇지만 다양한 어류와 식물이 자라서 캄보디아인의 60% 이상의 단백질을 제공해 준다고 했다.

이들은 거의 고기를 잡아 생계를 유지하는데 배 위의 집에서 먹고, 잠자고, 배설하고, 자녀를 낳고 사는 것이다. 학교도 있어서 배를 타고 이동하여 배우고 있다. 뭍에서 사는 우리가 생각할 때는 그들의 생활이 얼마나 불편할까 하는데 정작 본인들은 불편을 느끼기는커녕 행복하다고 여기며 산다는 것이다.

그렇다면 행복의 조건은 무엇인가? 환경이나 물질의 풍부에서 오는 것이 아니라 어떻게 느끼며 사는가에 달려있다고 봐야 할 것이다. 감사하면서 살면 어떤 형편에서도 우리는 행복할 수 있는 것이다.

살아가는 방법이 다를 수 있다고는 하지만

어떻게 배 위에 집을 꾸며 살 수 있을까

톤레삽 호수는 바다처럼 너르다

메콩 강 역류하여 흘러드는 물

흙탕물처럼 흐려도 어족이 풍성하여

고기잡이하며 살기 좋다고

그 물을 먹고

그 물로 씻고, 세탁하고

그 물에 버리고

그 물 위로 시장도 가고, 학교도 가고

얼마나 불편할까

하지만 그것은 편견과 기우

그들 스스로 행복을 느끼는데

누가 불행할 것이라고 우기려는가

킬링 필드의 아픔이 있는 뭍보다

차라리 물 위에서

호수처럼 넓은 마음으로 사는 행복

- 톤레삽 호수에서 -

선물이고 싶었을 게다

밖에 나오니 내 자전거 바구니에 은행잎이 담겨져 있다. 이건 분명히 이 청량한 아침에 가을이 내게 주는 선물 아닌가.

내가 출입하는 우리 아파트 입구에는 은행나무 두어 그루가 껑충하게 서 있다. 늘씬하게 자란 모습이 신사(紳士) 같고 무수하게 달린 잎사귀가 여간 곱지 않다. 은행나무 잎사귀는 물론 푸른 여름철에도 앙증스럽지만 아무래도 그 아름다움의 절정은 누렇게 단풍이 들었을 때이다. 쏟아지는 햇빛을 받으며 잎사귀가 현란한 황금색으로 빛날 때는 가히 귀족의 자태다.

거기다가 잎사귀가 떨어져 바람에 날리는 모습은 흡사 무희

(舞姬)의 춤사위다. 우수수 떨어져 살포시 내려앉는 게 음전한데 마치 사명을 다 했을 때 미련 없이 생명을 버리는 순교자 같다. 나무는 며칠 못 가서 그렇게 한 잎도 남기지 않고 모두 떨어뜨린다. 그 모습이 여간 깔끔한 게 아니다. 시원하다.

우리 아파트 주변에는 느티나무가 더 많이 서 있지만, 그 잎사귀들은 늦가을에도 한꺼번에 떨어지질 않는다. 매일 조금씩, 조금씩 떨어뜨리는데 어떤 것들은 말라 비틀어져도 배배꼬인 상태로 눈을 맞고 한풍을 견디며 새잎이 돋는 봄철까지 붙어 있기도 한다.

왜 그리 미련을 버리지 못할까? 말라 죽은 상태로 붙어있는 것은 인내나 끈기가 아니다. 연분을 쉬 끊지 못하고 좀 더 붙어 있고자 연연하는 모습이 처량하기까지 하다.

그러나 은행나무는 과단성이 있다. 추하게 늙지 않고 남에게 안타까운 모습으로 비치지 않으려는 듯 포기할 것을 빨리 포기하고 대신 새잎을 위하여 겨울에 꿈을 꾸는 것이다.

나는 자전거를 타고 들어오면 으레 이 은행나무 곁에 세워둔다. 그런데 오늘 아침에 보니 자전거 바구니에 은행잎이 담겨 있는 것이다. 가벼운 짐을 담을 수 있도록 자전거 앞부분에 달아놓은 그 바구니에 황금색 잎사귀가 오롯이 담겨 있는 것이다. 선물이었다.

지난밤에 분 바람이 조숙한 잎사귀들부터 떨어뜨리기 시작한 모양인데 더러는 내 자전거 바구니까지 날아든 게 분명했다. 아니 은행나무는 언제나 자신의 발치에 자전거를 세워두는 나에게 선물을 주고 싶어 일부러 잎사귀를 날려 보냈을 것이다.

모름지기 선물은 가벼워야 한다. 그리고 그 빛깔은 순수해야 한다. 예상치 못한 귀한 선물을 받고 나는 어떻게 늙어가야 추하지 않을까를 생각하고 어떻게 해야 가볍게 떠날 수 있을까를 묵상한다.

지저분하다는 소리는 듣지 말아야 한다. 떠난 자리가 깔끔해야 하고 뭔가 남은 사람들에게 기쁨을 주는 선물을 남길 수 있다면 좋은 일이다.

나는 이 아침 내게 선물로 다가온 은행잎을 보며 아직도 세상은 살만하다는 감격과 노래하고 싶음을 절제하지 못하여 어쭙잖은 글이지만 이렇게 남기기로 했다.

생을 마감하면서

내려앉을 곳 찾다가

은행잎은

내 자전거 바구니에 내렸을 게다

황금보다 황금빛으로

무겁지 않게 가벼움으로

떨어짐의 의미와

홀가분한 가을로

기꺼이 내게

선물이고 싶었을 게다

어제도 서리 내리는 기나긴 밤

뜬눈으로 같이 새운

발치에 세워 놓아준 자전거

그 정리가 고마워

오롯이 가을을

선물하고 싶었을 게다

이 청량한 아침에

- 선물이고 싶었을 게다 -

지은이 : 전종문

주소 : 01081 서울특별시 강북구 덕릉로 63(수유동) 수유중앙교회

전화 : 02-991-3742

핸드폰 : 010-2377-3742

E-mail : jesus4sy@hanmail.net